백석 시선

백석 시선

Poems by Baek Seok

피터 립택 옮김

Translated by Peter N. Liptak

POET

아시아

차례
Contents

백석
시선
Poems by Baek Seok

POET

정주성

산턱 원두막은 뷔였나[1] 불빛이 외롭다
헝겊심지에 아즈까리 기름의 쪼는[2] 소리가 들리는 듯
하다

잠자리 조을든 문허진[3] 성터
반딧불이 난다 파란 혼들 같다
어데서 말 있는 듯이 크다란 산새 한 마리가
어두운 골짜기로 난다

헐리다 남은 성문이
한울빛 같이 훤하다
날이 밝으면 또 메기수염의 늙은이가 청배[4]를 팔러
올 것이다

1 '비었나'의 옛말.
2 졸아드는.
3 '무너진'의 옛말.
4 청배나무의 열매.

Jungju Fortress

On a mountain ledge, the melon field lookout stands empty, a lonely firelight
In the wick of cloth, I seem to hear the pecking of the caster oil

A dragonfly drowses in the crumbling fortress
The fireflies like blue souls all aflutter
From somewhere, as if startled by some soul's utterance, a great mountain bird to the shadowed valley sails

The ruined remains of the castle gate
As if of a heavenly light, dimly dawns
If day breaks, again a catfish whiskered old man will come to sell blue pears

가즈랑집[5]

승냥이가 새끼를 치는 전에는 쇠메[6] 든 도적이 났다
는 가즈랑고개

가즈랑집은 고개 밑의
산 너머 마을서 도야지를 잃는 밤 짐승을 쫓는 깽제미[7]
소리가 무서웁게 들려오는 집
닭 개 짐승을 못 놓는
멧도야지와 이웃사춘을 지나는 집

예순이 넘은 아들 없는 가즈랑집 할머니는 중같이 정
해서 할머니가 마을을 가면 긴 담뱃대에 독하다는 막써
레기[8]를 몇 대라도 붙이라고 하며

간밤엔 섬돌 아래 승냥이가 왔었다는 이야기
어느메 산골에선간 곰이 아이를 본다는 이야기

5 가즈랑은 고개 이름. 가즈랑집은 가즈랑고개에 있던 집을 가리킨다.
6 묵직한 쇠에 구멍을 뚫고 자루를 박아 무엇을 치거나 박을 때 쓰는 물건.
7 놋쇠로 만든 반찬 그릇의 하나인 갱지미. 꽹과리라고 해석하는 이도 있다.
8 거칠게 썬 담뱃잎.

Woman of Gajirang

Before where a coyote raised her cubs, the iron hammer-carrying bandits would appear, Gajirang pass

Gajirang cottage, below the pass

From the village beyond the mountain, the night deprived of a sow, chasing the beast a fearful beating gong's clang reached this place

A cottage where chickens, dogs and other domestics could not be raised

A cottage where wild boars as if close cousins would pass by

Past sixty, the childless old maid of Gajirang, pure as a monk, if she walks to the village, many long pipes of strong coarse tobacco are offered up

Last night below the stone steps, the coyote came, such a tale

Somewhere in a secluded mountain district, a bear

나는 돌나물김치에 백설기를 먹으며

옛말의 구신집에 있는 듯이

가즈랑집 할머니

내가 날 때 죽은 누이도 날 때

무명필에 이름을 써서 백지 달어서 구신간시렁[9]의 당
즈깨[10]에 넣어 대감[11]님께 수영[12]을 들였다는 가즈랑집
할머니

언제나 병을 앓을 때면

신장님[13] 단련[14]이라고 하는 가즈랑집 할머니

구신의 딸이라고 생각하면 슬퍼졌다

토끼도 살이 오른다는 때 아르대 즘퍼리[15]에서 제비
꼬리 마타리 쇠조지 가지취 고비 고사리 두릅순 회순[16]

---

9 귀신을 모셔놓은 시렁.
10 당세기. 버들고리나 대오리 따위로 엮어 만든 상자인 고리짝을 가리킨다.
11 대감(大監)은 무속에서 사용되는 신격(神格)의 명칭. 성주대감, 터줏대
    감 등으로 쓰인다.
12 수양(收養). 남의 아들이나 딸을 데려다 자기 자식으로 삼아 기르는 일.
    이 시에서 "수영을 들이다"는 표현은 아이의 복을 위해 무당이나 신장
    슬하에 명색으로만 자식으로 이름을 올리는 일을 말한다.
13 오방신장(五方神將). 동, 서, 남, 북, 중앙을 관장하는 신으로 청, 홍, 백,
    황, 흑의 색깔로 표시하며 위엄을 드러내기 위해 장군으로 표현된다.
14 단련(鍛鍊). "신장님 단련"은 신장님이 주는 단련 혹은 시련의 의미로,
    여기서는 시달림을 뜻한다.
15 '아래쪽 진창으로 된 펄 혹은 축축한 땅'이라는 뜻의 평안도식 장소 이름.
16 제비꼬리, 마타리, 쇠조지, 가지취, 고비, 고사리, 두릅순, 회순 등은 모
    두 산나물의 종류.

tends to a child, the tale tells

As I eat steamed rice cakes with stonecrop kimchi

As if by proverb in a spirit inhabited house, a Mu-
dang's dwelling

The woman of Gajirang

When I emerged, also when my now dead sister
was born,

She wrote our names on a roll of cotton cloth,
closed with baekji and enclosed it in a wicker basket
on the spirit ledge to be adopted by his Excellency,
the woman of Gajirang

Every time I suffer from disease,

It's the spirit king's persecution, declares the wom-
an of Gajirang

When I think of her, the spirit daughter, I am sad-
dened

When the rabbit is said to fatten, down in the mire
gathering wild edible greens and fragrant grasses,
fernbrake, valerian, iron fern, wild aster, royal fern,
bracken, Japanese angelica, and buds, I followed the
woman of Gajirang

I already think of sugary sweet soaked squill roots

산나물을 하는 가즈랑집 할머니를 따르며

　나는 벌써 달디단 물구지우림[17] 둥굴네우림[18]을 생각하고

　아직 멀은 도토리묵 도토리범벅까지도 그리워한다

　뒤울안 살구나무 아래서 광살구[19]를 찾다가

　살구벼락을 맞고 울다가 웃는 나를 보고

　밑구멍[20]에 털이 몇 자나 났나 보자고 한 것은 가즈랑집 할머니다

　찰복숭아를 먹다가 씨를 삼키고는 죽는 것만 같어 하루종일 놀지도 못하고 밥도 안 먹은 것도

　가즈랑집에 마을을 가서

　당세[21] 먹은 강아지 같이 좋아라고 집오래[22]를 셀레[23]가였다

17　물구지[무릇]의 알뿌리를 물에 담가 쓴맛을 우려낸 것.
18　둥굴레풀의 어린잎을 물에 담가 쓴맛을 우려낸 것.
19　너무 익어 저절로 떨어진 살구.
20　항문의 속된 표현. "밑구멍에 털이 몇 자나 났나 보자"는 '울다가 웃으면 똥구멍에 털 난다'는 속어에서 비롯된 표현.
21　당수. 곡식가루에 술을 넣어 미음처럼 쑨 음식.
22　집 근처.
23　설레다. '가만히 있지 못하고 이리저리 자꾸 움직이다'의 의미.

and simmered Solomon's seals and

Yearn for the yet far off acorn jelly and thick acorn porridge

Behind the house under the plum tree, as I seek a newly fallen plum

A lightning plum struck and she watched me cry and smile

Let's see how many feet of hair has sprouted from your bottom, the woman of Gajirang

While eating a new peach, choking down the pit was like dying so the whole day I could not play or eat

Going to visit Gajirang cottage

Delighting like a puppy fed with a rice liquor remnant, I fluttered in and out

여우난골족(族)

　명절날 엄매 아배 따라 우리집 개는 나를 따라 진할머니[24] 진할아버지[25]가 있는 큰집으로 가면

　얼굴에 별자국이 솜솜 난 말수와 같이[26] 눈도 껌벅거리는 하루에 베 한 필을 짠다는 벌 하나 건너 집엔 복숭아나무가 많은 신리 고무 고무의 딸 이녀 작은 이녀

　열여섯에 사십이 넘은 홀아비의 후처가 된 포족족하니[27] 성이 잘 나는 살빛이 매감탕[28] 같은 입술과 젖꼭지는 더 까만 예수쟁이 마을 가까이 사는 토산 고무 고무의 딸 승녀 아들 승동이

　육십리라고 해서 파랗게 뵈이는 산을 넘어 있다는 해변에서 과부가 된 코끝이 빨간 언제나 흰옷이 정하든 말끝에 설게 눈물을 짤 때가 많은 큰골 고무 고무의 딸 홍녀 홍동이 작은 홍동이

24　친할머니.
25　친할아버지.
26　말할 때마다.
27　빛깔이 고르거나 깨끗하지 않고, 칙칙하게 파르스름한 기운이 도는.
28　엿을 고아낸 솥을 가셔낸 물. 혹은 메주를 쑤고 남아 있는 진한 갈색의 물.

Family of Fox Valley

As I followed mama and papa, our house-dog followed me on the National holiday we went to great grandparents house

Her face pockmarked with star prints, blinking with speech, all day weaving a bolt of hemp cloth, past the house with many peach trees in Shinri, that auntie, auntie's daughters the Lee lass and little Lee lass

At sixteen, the over forty widower's second wife to become, blue-faced and easily angered with lips the russet of water that boiled fermented soybeans and nipples darker still near the Jesus Believers' village living in Tosan village, that auntie, auntie's daughter Seung lass and son Seung lad

They say Sixty li past the bluish looking mountain at the beach, widowed with red tipped nose always wearing white at conversations end often wringing sad tears, that big village auntie, auntie's daughter Hong lass, sons Hong lad and little Hong lad

Able at pear tree splicing pulling out stone steps

배나무접을 잘하는 주정을 하면 토방돌[29]을 뽑는 오리치[30]를 잘 놓는 먼 섬에 반디젓[31] 담그러 가기를 좋아하는 삼춘 삼춘엄매 사춘누이 사춘동생들

이 그득히들 할머니 할아버지가 있는 안간[32]에들 모여서 방안에서는 새옷의 내음새가 나고
또 인절미 송구떡[33] 콩가루차떡[34]의 내음새도 나고 끼때의 두부와 콩나물과 뽂은 잔디와 고사리 도야지비계는 모두 선득선득하니 찬 것들이다

저녁술을 놓은 아이들은 외양간섶 밭마당에 달린 배나무동산에서 쥐잡이를 하고 숨굴막질[35]을 하고 꼬리잡이를 하고 가마 타고 시집가는 놀음 말타고 장가가는

---

29 토방은 집채의 낙숫물 떨어지는 안쪽에 마당보다 높게 돌려가며 다진 흙바닥을 가리키며 토방돌은 토방 모서리에 쌓은 돌을 말한다. 댓돌. 섬돌.
30 평북 지방의 토속적인 사냥 용구로서, 야생 오리를 잡는 동그란 갈고리 모양으로 된 도구.
31 밴댕이젓.
32 안방.
33 송기(松肌)떡. 떡의 한 가지. 소나무의 속껍질을 잿물에 삶아 우려내어 멥쌀가루와 섞어서 절구에 찧은 뒤, 익반죽하여 솥에 쪄내어 식기 전에 떡메로 쳐서 여러 가지 모양의 떡을 만듦.
34 콩가루를 묻힌 찰떡.
35 숨바꼭질.

when drunk skilled at setting duck snares enjoying the journey to some distant island to salt large-eyed herring, that uncle, uncle's mother, eldest sister and the younger cousins

These chock-full relations, with grandma and grandpa together in the inner room sensing the smell of new clothes

Also with the smell of injolmi, pine flavored rice cakes, bean powdered rice cakes and the meal's tofu and bean sprouts and fried grass and fernbrake and pork-fat all with a sudden shivering chill of cold shock

The children lay down their dinner rice spoons and beside the barn near the inner garden, on the pear tree hill chase mice and play hide-and-seek and grab-the-tail and bride-to-be sedan chair ride and groom's horse ride like this play bustling into the dark night

As the night grows darker in the house the mothers in their inner rooms laugh and giddily talk, the children amongst themselves in outer rooms play jack-stones and dice-cubes and spin lids circus-like and play let-go-the-pumpkin and a hand-in-hand swallow

놀음을 하고 이렇게 밤이 어둡도록 북적하니 논다

밤이 깊어가는 집안엔 엄매는 엄매들끼리 아르간[36]에
서들 웃고 이야기하고 아이들은 아이들끼리 웃간[37] 한
방을 잡고 조아질[38]하고 쌈방이[39] 굴리고 바리깨돌림[40]
하고 호박떼기[41]하고 제비손이구손이[42]하고 이렇게 화
디[43]의 사기방등[44]에 심지를 몇 번이나 돋구고 홍게닭이
몇 번이나 울어서 졸음이 오면 아릇목싸움 자리싸움을
하며 히드득거리다 잠이 든다 그래서는 문창에 텅납새[45]
그림자가 치는 아침 시누이 동세들이 욱적하니[46] 흥성
거리는 부엌으론 샛문틈으로 장지문틈으로 무이징게국[47]
을 끓이는 맛있는 내음새가 올라오도록 잔다

36 아랫방.
37 윗방.
38 조악(造惡)질. 부질없이 이것저것 집적거려 해찰을 부리는 일. 평안도에
    서는 아이들의 공기놀이를 이렇게 부르기도 함.
39 싸움하는 시늉으로 상대방을 메어 거꾸로 방이는(목표한 자리를 힘있게
    치는) 놀이. 주사위.
40 주발 뚜껑을 돌리며 노는 놀이.
41 앞사람의 허리를 잡고 한 줄로 늘어앉아서 하는 놀이.
42 다리를 마주 끼고 손으로 다리를 차례로 세며, '한 알 때 두 알 때 상사네
    네비 오드득 뽀드득 제비손이 구손이 종제비 빠땅'이라 부르는 놀이.
43 등경(燈檠). 등경걸이. 나무나 놋쇠 같은 것으로 촛대 비슷하게 만든 등
    잔을 얹어놓는 기구.
44 사기로 만든 등잔.
45 텅납새. 처마의 안쪽 지붕이 도리에 얹힌 부분. 부고장 같은 것이 오면
    방안에 들이기를 꺼려 이곳에 끼워놓는 풍속이 있었음.
46 여럿이 한 곳에 모여 북적거리는 모양.
47 징거미(민물 새우)에 무를 숭덩숭덩 썰어 넣고 끓인 국.

song game and like this through a number of times
raising the lantern's wick the morning rooster cry-
ing a number of times drowsing fighting over warm
spots on the heated floor and giggling away sleep
comes on the window the roof's awning casting a
morning shadow the younger second aunties crowd
the noisy kitchen through the side door's gap we
sleep to the delicious seeping scent of salted shrimp-
flavored Chinese radish soup simmering

모닥불

새끼오리도 헌신짝도 소똥도 갓신창[48]도 개니빠디[49]도
너울쪽[50]도 짚검불도 가락잎도 머리카락도 헝겊조각도
막대꼬치도 기왓장도 닭의 짖도 개터럭도 타는 모닥불

재당[51]도 초시[52]도 문장[53] 늙은이도 더부살이 아이도
새사위도 갓사둔[54]도 나그네도 주인도 할아버지도 손자
도 붓장사도 땜쟁이도 큰개도 강아지도 모두 모닥불을
쪼인다

모닥불은 어려서 우리 할아버지가 어미 아비 없는 서러
운 아이로 불상하니도 몽둥발이[55]가 된 슬픈 역사가 있다

48 가죽신의 창.
49 개이빨. 잇바디는 이가 죽 박힌 생김새를 이르는 말로, "개닛바디"는 개
    의 턱뼈에 줄줄이 박힌 개의 이빨을 가리키는 것으로 보인다.
50 널쪽. 널빤지를 속되게 이르는 말. 관(棺)의 속어로 사용되기도 한다.
51 서당의 주인 또는 향촌의 최고 어른에 대한 존칭.
52 과거의 첫 시험에 합격한 사람. 한문을 좀 아는 사람을 대접하여 이르는
    말로도 쓰였다.
53 한 문중에서 항렬과 나이가 가장 위인 사람.
54 새사돈.
55 몽동발이. 딸려 붙었던 것이 다 떨어지고 몸뚱이만 남은 물건.

The Bonfire

Even a bit of rope, even a spent shoe, even cow dung, even a torn horsehair hat, even dog's teeth, even a length of plank, even dried straw, even fallen leaves, even a lock of hair, even a ripped rag, even a skewer stick, even a roof tile, even a hen's feather, even a dog's coat, amid the bonfire burn

Even a distant relation, even a Yangban scholar, even a patriarch, even an indigent child, even a new son-in-law, even a recent marriage relation, even a wayfarer, even a landlord, even a grandfather, even a grandchild, even a seller of writing brushes, even a tinsmith, even a great dog, even a puppy, all take warmth at the bonfire

Within the bonfire, my grandfather in youth without his ma n' pa as a somber boy piteously orphaned, such is his sad history

여승

여승은 합장하고 절을 했다
가지취[56]의 내음내가 났다
쓸쓸한 낯이 옛날 같이 늙었다
나는 불경처럼 서러워졌다

평안도의 어느 산 깊은 금덤판[57]
나는 파리한 여인에게서 옥수수를 샀다
여인은 나어린 딸아이를 따리며 가을밤 같이 차게 울
었다

섶별[58] 같이 나아간 지아비 기다려 십 년이 갔다
지아비는 돌아오지 않고
어린 딸은 도라지꽃이 좋아 돌무덤으로 갔다

산꿩도 섧게 울은 슬픈 날이 있었다

56 참취나물.
57 금점(金占)판. 예전에 주로 수공업 방식으로 작업하던 금광의 일터.
58 재래종 일벌.

Buddhist Nun

The Buddhist nun placed her palms together and
bowed
The scent of Kajichui
A forlorn face, aged as if of a long past
I became mournful as a Buddhist sutra

In P'yongan province, near some deep mountain
gold mine, a market place
I, of a slight pallid madam, had purchased sweet
corn
The woman, spanking her young daughter, had
coolly cried like an Autumn night

Her estranged husband like a brushwood bee, ten
years passed with her waiting
The husband unreturned
The young one, for love of Chinese balloon flowers,
to a stone grave has gone

Even a mountain pheasant dolefully cried, 'twas

산절의 마당귀에 여인의 머리오리[59]가 눈물방울과 같이 떨어진 날이 있었다

59 머리카락.

such a day of sadness

Amidst a mountain temple at the garden edge, the matron's hair with teardrops fell, 'twas such a day

수라(修羅)[60]

　거미새끼 하나 방바닥에 나린 것을 나는 아무 생각 없이 문밖으로 쓸어버린다

　차디찬 밤이다

　어니젠가 새끼거미 쓸려나간 곳에 큰거미가 왔다

　나는 가슴이 짜릿한다

　나는 또 큰거미를 쓸어 문밖으로 버리며

　찬 밖이라도 새끼 있는 데로 가라고 하며 서러워한다

　이렇게 해서 아린 가슴이 싹기도[61] 전이다

　어데서 좁쌀알만한 알에서 가제[62] 깨인 듯한 발이 채 서지도 못한 무척 적은 새끼거미가 이번엔 큰거미 없어진 곳으로 와서 아물거린다

　나는 가슴이 메이는 듯하다

　내 손에 오르기라도 하라고 나는 손으로 내어미나 분

60　아수라(阿修羅)의 준말. 아수라는 싸우기를 좋아하는 불교의 귀신이다.
61　삭다. 긴장되거나 흥분된 마음이 가라앉다.
62　갓, 방금, 막.

Sura

A little spider descended to the floor, without a
thought, I swept it out the door

A cold dark night

Again, in the place where I'd swept the little spider
away, a big spider came

My heart stung

As I again sweep the big spider out the door,

Even to the cold outdoors, go to the place your baby
went, I lament

In doing so, even before my heartache abated

From somewhere fresh from an infinitesimal egg,
a lone leg as yet unformed, emerged an insignificant
spider this time coming to the place where the big
spider was lost, came in and out of sight

I got all choked up

I say ascend as I offer my hand, but this small thing
will undoubtedly sob in fear of me and as it scurries
away I mourn this little thing.

명히 울고불고할 이 작은 것은 나를 무서우이 달아나버
리며 나를 서럽게 한다

　나는 이 작은 것을 고이 보드러운 종이에 받어 또 문
밖으로 버리며

　이것의 엄마와 누나나 형이 가까이 이것의 걱정을 하
며 있다가 쉬이 만나기나 했으면 좋으련만 하고 슬퍼한
다

I gently place a soft paper to collect and release it outside to be with his mom and sister or brother to worry about this and afterwards if they meet easily it will be good and I grieve.

통영

　옛날엔 통제사가 있었다는 낡은 항구의 처녀들에겐
옛날이 가지 않은 천희라는 이름이 많다
　미역오리[63] 같이 말라서 굴껍질처럼 말없이 사랑하다
죽는다는
　이 천희의 하나를 나는 어느 오랜 객주집의 생선 가시
가 있는 마루방에서 만났다
　저문 유월의 바닷가에선 조개도 울을 저녁 소라방등[64]
이 불그레한 마당에 김냄새 나는 비가 나렸다

Tongyeong

Long past, it is said there was a Commander of Naval forces of this old port, its maidens of length were and yet still many are called 'Chonhee'[1]

Growing gaunt like a strip of seaweed, as an oyster shell emptied, without a word of love, dies

One such Chonhee, amid the fish bones on the wood floored parlor of a peddler's inn, I encountered

In the dusk of June's end when even the clam at evening cries at the seashore, a seaweed scented rain falls as the dim red glow of the conch lamp scatters across the court

---

1 Literally "thousand woman" the combined term is like a black widow meaning an unmarried woman with the connotation of a woman who devours her husband

통영

구마산의 선창에선 좋아하는 사람이 울며 나리는 배
에 올라서 오는 물길이 반날
  갓 나는 고당[65]은 갓갓기도[66] 하다

바람맛도 짭짤한 물맛도 짭짤한

전북에 해삼에 도미 가재미의 생선이 좋고
파래에 아개미[67]에 호루기[68]의 젓갈이 좋고

새벽녘의 거리엔 쾅쾅 북이 울고
밤새껏 바다에선 뿡뿡 배가 울고

자다가도 일어나 바다로 가고 싶은 곳이다

Tongyeong

On Guma Mountain's wharf she weeps descending
from the boat
A half-day of waves cresting the deck
Quite close to the town producing horsehair hats

The taste of wind somewhat salty, the taste of sea
salty too

Good for fresh abalone, sea cucumber, red snapper
and flatfish
Good for pickled sea lettuce, branchia and small oc-
topus too

A drum sounds the street kwang kwang at the
break of dawn
A boat sounds the sea bbung bbung all night long

Despite sleep's disruption a place where you desire
to rise and set off for the sea

집집이 아이만한 피도 안 간 대구를 말리는 곳

황화장사[69] 영감이 일본말을 잘도 하는 곳

처녀들은 모두 어장주한테 시집을 가고 싶어한다는 곳

산 너머로 가는 길 돌각담에 갸웃하는 처녀는 금이라든 이 같고

내가 들은 마산 객주집의 어린 딸은 난이라는 이 같고

난이라는 이는 명정골에 산다든데

명정골은 산을 넘어 동백나무 푸르른 감로 같은 물이 솟는 명정샘이 있는 마을인데

샘터엔 오구작작[70] 물을 긷는 처녀며 새악시들 가운데 내가 좋아하는 그이가 있을 것만 같고

내가 좋아하는 그이는 푸른 가지 붉게붉게 동백꽃 피는 철엔 타관 시집을 갈 것만 같은데

긴 토시 끼고 큰머리 얹고 오불고불 넘엣거리로 가는 여인은 평안도서 오신 듯한데 동백꽃 피는 철이 그 언제요

69 황아장수. 집집을 찾아다니며 자질구레한 일용품을 팔던 사람.
70 오그르르 모여 떠드는 모양을 나타낸 말.

A place where house by house codfish dry child-sized and with blood remaining

A place where an old traveling trader speaks Japanese well

A place where maidens all wish to marry the fishing banks master

On the road over the mountain a maiden stands by the stone wall with head hung like the girl called Geum

The young daughter at Masan Travelers Inn where I stay seems like the girl called Nan

The girl named Nan lives in MyungJung village

The village over the mountain called MyungJung village with rich green Camellia trees

And sweet dew water gushing from MyungJung fountain

Amid the noise and bustle of young wedded women drawing water might be that girl of my fancy

That girl of my fancy in the season of green branch with red, red camellia blossoms

Is likely to marry into some distant town's family

A woman wearing long armlets and a wig winding her way up the mountain pass

As if coming from Pyungando in the season of Ca-

옛 장수 모신 낡은 사당의 돌층계에 주저앉어서 나는

이 저녁 울 듯 울 듯 한산도 바다에 뱃사공이 되어가며

녕[71] 낮은 집 담 낮은 집 마당만 높은 집에서 열나흘

달을 업고 손방아[72]만 찧는 내 사람을 생각한다

71 지붕 또는 이엉을 가리키는 평안도 사투리.
72 디딜방아.

mellias' bloom, when will it pass

This night I plop down on the stone step of a worn shrine to some ancient deified commander

As if to cry and cry becoming the boatman in HanSan Island's sea

A low straw thatched house a low fenced house in the house with only the courtyard high carrying fourteen moons on her back with only a mortar to pound I think of my woman

나와 나타샤와 흰 당나귀

가난한 내가
아름다운 나타샤를 사랑해서
오늘밤은 푹푹 눈이 나린다

나타샤를 사랑은 하고
눈은 푹푹 날리고
나는 혼자 쓸쓸히 앉어 소주를 마신다
소주를 마시며 생각한다
나타샤와 나는
눈이 푹푹 쌓이는 밤 흰 당나귀 타고
산골로 가자 출출이 우는 깊은 산골로 가 마가리[73]에
살자

눈은 푹푹 나리고
나는 나타샤를 생각하고
나타샤가 아니 올 리 없다

73 오막살이의 평북 방언.

Me, Natasha and the White Donkey

Poor in my poverty

As I loved the beautiful Natasha

Tonight the snow descended completely

I love Natasha

The snow but soft, falls fast

Drinking soju, sitting in loneliness

Drinking soju, and thinking

Of Natasha and I

As the snow builds in the night, we ride the white donkey

Let's go to the valley,

to where the tit cries deep in the valley

to live in a cottage, let's go

The weighted snow tumbles

I ponder Natasha

She cannot but come

Already come, calm inside me and to my heart whispered

언제 벌써 내 속에 고조곤히[74] 와 이야기한다
산골로 가는 것은 세상한테 지는 것이 아니다
세상 같은 건 더러워 버리는 것이다

눈은 푹푹 나리고
아름다운 나타샤는 나를 사랑하고
어데서 흰 당나귀도 오늘밤이 좋아서 응앙응앙 울을
것이다

74 고요히.

The valley retreat, 'tis no sign of defeat to this world

Something as such we forsake for all its sullied and soiled foulness

The snow weighted, plummets

The beautiful Natasha loves me and

From somewhere the white donkey will cry with glee for the night "hee-haw hee-haw"

고향

나는 북관에 혼자 앓어 누워서

어느 아침 의원을 뵈이었다

의원은 여래 같은 상을 하고 관공[75]의 수염을 드리워서

먼 옛적 어느 나라 신선 같은데

새끼손톱 길게 돋은 손을 내어

묵묵하니 한참 맥을 집더니

문득 물어 고향이 어데냐 한다

평안도 정주라는 곳이라 한즉

그러면 아무개씨 고향이란다

그러면 아무개씰 아느냐 한즉

의원은 빙긋이 웃음을 띠고

막역지간이라며 수염을 쓴다

나는 아버지로 섬기는 이라 한즉

의원은 또다시 넌즈시 웃고

말없이 팔을 잡어 맥을 보는데

손길은 따스하고 부드러워

고향도 아버지도 아버지의 친구도 다 있었다

---

75 관우(關羽).

Hometown

As I lay alone afflicted in Bukgwan

One morning a doctor examined me

The doctor, his face like the generous Yourae and
hanging with Gwangong's beard

From the remote past like a hermit of another land

His hand stretched out with the nail of his little fin-
ger outgrown

And in a length of stony silence took my pulse of hu-
mors

Suddenly he asked of my hometown

It's called Pyungan-do Jungju

Then that's so-and-so's hometown

Then do you know so-and-so

The doctor drew a grin across his face

The best of friends, he said as he stroked his beard

I respect him as my father

The doctor smiled softly

Without a word he took my wrist and felt my pulse

The touch of his hand was warm and soft

My hometown and my father and my father's friend
were all there

북방에서
-정현웅에게

아득한 옛날에 나는 떠났다

부여를 숙신을 발해를 여진을 요를 금을

흥안령[76]을 음산[77]을 아무우르[78]를 숭가리[79]를

범과 사슴과 너구리를 배반하고

송어와 메기와 개구리를 속이고 나는 떠났다

나는 그때

자작나무와 이깔나무의 슬퍼하든 것을 기억한다

갈대와 장풍[80]의 붙드든 말도 잊지 않았다

오로촌[81]이 멧돌[82]을 잡어 나를 잔치해 보내든 것도

---

76 중국 동북지방의 대흥안령과 소흥안령을 아울러 일컬음.

77 중국 몽골고원 남쪽에 뻗어 있는 산맥.

78 아무르(Amur). 흑룡강.

79 송화강.

80 창포.

81 오로촌(Orochon)족. 레나강의 동쪽 지류 올레크마 하안의 흥안령 북부
    소흥안령에 사는 북 퉁구스계의 한 종족.

82 멧돌. 멧돼지.

From the North
-to Jung Hyun Woong

Long ago, I left

The northern realms of Buyeo, Suksin, Balhae, Yeo-Jin, Yo, Geum

Heungan ridge, the mild slopes of Eum mountain, Amureu River banks, Sunggari stream

Abandoned the tiger, deer, raccoons

Broke faith with the flathead mullet, the catfish, and frogs, and I left

Looking back

I remember still the sorrowful birch and bowed coniferous cries

I've not forgotten the whispering of reed and wind to wait

When the Orochon tribe sent me off with a farewell feast of wild boar

And the Solon tribe cried out along the road for ten li, I did not forget

쏠론[83]이 십리길을 따러나와 울든 것도 잊지 않었다

나는 그때

아모 이기지 못할 슬픔도 시름도 없이

다만 게을리 먼 앞대로 떠나 나왔다

그리하여 따사한 햇귀에서 하이얀 옷을 입고 매끄러

운 밥을 먹고 단샘을 마시고 낮잠을 잤다

밤에는 먼 개소리에 놀라나고

아침에는 지나가는 사람마다에게 절을 하면서도

나는 나의 부끄러움을 알지 못했다

그 동안 돌비[84]는 깨어지고 많은 은금보화는 땅에 묻

히고 가마귀도 긴 족보를 이루었는데

이리하야 또 한 아득한 새 옛날이 비롯하는 때

이제는 참으로 이기지 못할 슬픔과 시름에 쫓겨

나는 나의 옛 한울로 땅으로 — 나의 태반으로 돌아왔

으나

83 남방 퉁구스족의 일파. 아무르강 남방에 분포함. 색륜(索倫).
84 비석.

Looking back

No one could overcome such grief

Leaving lazily, I simply made my way

Soon thereafter, into the warm sunlight wearing
white and eating well-heaped rice

Sipping sweet springwater and dozing in daylight

Was startled by a distant dog's bark in the night

And bowed to every single passer by

Not even recognizing my remorse

In that time, headstones had cracked, many silver
and gold treasures been buried, and even crows had
bred bloodlines

So when this new history had been built

Now driven by such overwhelming sorrow and grief

So even though I returned to my ancient sky, my
age-old earth—my placental place
            .

The sun already old, the moon so pale, the wind un-
hinged, the purple clouds floating aimless and alone

Ah, my ancestors, and siblings, and close kin, my
neighbors

이미 해는 늙고 달은 파리하고 바람은 미치고 보래구
름만 혼자 넋 없이 떠도는데

아, 나의 조상은 형제는 일가친척은 정다운 이웃은 그
리운 것은 사랑하는 것은 우러르는 것은 나의 자랑은 나
의 힘은 없다 바람과 물과 세월과 같이 지나가고 없다

Those things I missed, that I loved, those things I
looked up to, and what I was proud of, my strength
all waning
like wind, water and time gone by

국수

눈이 많이 와서

산엣새가 벌로 나려 멕이고[85]

눈구덩이에 토끼가 더러 빠지기도 하면

마을에는 그 무슨 반가운 것이 오는가보다

한가한 애동들은 어둡도록 꿩사냥을 하고

가난한 엄매는 밤중에 김치가재미[86]로 가고

마을을 구수한 즐거움에 싸서 은근하니 흥성흥성 들
뜨게 하며

이것은 오는 것이다

이것은 어느 양지귀 혹은 능달쪽 외따른 산 옆 은댕이[87]
예데가리밭[88]에서

하룻밤 뽀오햔 흰 김 속에 접시귀 소기름불이 뿌우현
부엌에

---

85 메이다. '고정되지 않고 움직이다'는 뜻의 평북 사투리. 여기서는 '쏘다
     니다'의 뜻으로 쓰임.
86 김치를 넣어두는 창고를 가리키는 북한 사투리.
87 언저리.
88 산의 맨 꼭대기에 있는 비탈밭.

Noodle Soup

As snow fell fast

The mountain bird flutters downward to the grassy meadow

As the hare plunges into hidden snow hollows

In the village, what a welcome thing awaits

The children unfettered, hunt pheasants in the coming darkness

The poor mother heads for the kimchi hut in the mid of night

The village, seeming savory, brimming with pleasure and excitement, all aflutter, quiet in the growing din, heady and high, it is coming

This thing, from the edge of some sunny or some shady place, some isolated mountain slope

All night milk-white steam placed on plate's edge mingles with beef tallow burning in the kitchen haze

Like some dragon riding the noodle maker, it comes.

This thing from the distant past, a standard of unhurried and happy times gone by

Like a thread through a spring rain, through the

산멍에[89] 같은 분틀[90]을 타고 오는 것이다

이것은 아득한 옛날 한가하고 즐겁든 세월로부터

실 같은 봄비 속을 타는 듯한 여름볕 속을 지나서 들
쿠레한 구시월 갈바람 속을 지나서

대대로 나며 죽으며 죽으며 나며 하는 이 마을 사람들
의 으젓한 마음을 지나서 텁텁한 꿈을 지나서

지붕에 마당에 우물든덩에 함박눈이 푹푹 쌓이는 어
느 하룻밤

아배 앞에 그 어린 아들 앞에 아배 앞에는 왕사발에
아들 앞에는 새끼사발에 그득히 사리워[91] 오는 것이다

이것은 그 곰의 잔등에 업혀서 길여났다는 먼 옛적 큰
마니가

또 그 짚등색이[92]에 서서 재채기를 하면 산 넘엣 마을
까지 들렸다는

먼 옛적 큰아바지가 오는 것 같이 오는 것이다

아, 이 반가운 것은 무엇인가

---

89 산몽아. 이무기의 평안도 말.
90 국수틀.
91 흐트러지지 않게 빙빙 둘러서 둥그렇게 포개어 감다.
92 짚등석. 짚이나 칡덩굴로 짜서 만든 자리.

burning hot summer, through a sweet gust of au-
tumn

Through generation after generation, through birth
and death and death and birth, through the grow-
ing hearts of the people of this village, through their
blurred dreams

On the roof, in the yard, on the skirt of the well, fat
flakes of snow amass, such a night

In front of father, in front of the young son, in front
of father a big bowl, in front of the son a small bowl,
a full spool is coming

This thing, as if that great grandma who rode the
bear's back, the bear who had raised her,

As if she that stood and sneezed on that straw mat
when he heard from that village over the mountain,
from that distant time as if that great grandpa that
raced to her side, it comes

This pale, soft, plain, subtle thing, what is it

On this winter night, with impeccably ripened
radish-water kimchi, with that beautifully biting red-
pepper powder, with that flavorful fresh pheasant

And that smell of smoke, that smell of vinegar, and
that smell of boiled beef boiled in beef broth, the

이 히수무레하고 부드럽고 수수하고 습슴한 것은 무
엇인가

겨울밤 쩡하니 익은 동치미국을 좋아하고 얼얼한 댕
추가루[93]를 좋아하고 싱싱한 산꿩의 고기를 좋아하고

그리고 담배 내음새 탄수[94] 내음새 또 수육을 삶는 육
수국 내음새 자욱한 더북한 삿방[95] 쩔쩔 끓는 아르궅[96]
을 좋아하는 이것은 무엇인가

이 조용한 마을과 이 마을의 으젓한 사람들과 살틀하
니 친한 것은 무엇인가

이 그지없이 고담하고 소박한 것은 무엇인가

93 당초가루. 고춧가루.
94 석탄과 물을 아울러 이르는 말.
95 삿자리를 깐 방.
96 아랫목.

smell that fills the reed-matted room with the spit and seethe of boiling, that warm welcoming spot near the fired floor, what is that

This tranquil village, this village of well-mannered inhabitants, this close-knit place, what is it

This unquestionably classy but simple thing, what is this

흰 바람벽이 있어

오늘 저녁 이 좁다란 방의 흰 바람벽에

어쩐지 쓸쓸한 것만이 오고 간다

이 흰 바람벽에

희미한 십오촉 전등이 지치운 불빛을 내어던지고

때글은[97] 다 낡은 무명샤쯔가 어두운 그림자를 쉬이고

그리고 또 달디단 따끈한 감주나 한잔 먹고 싶다고 생각하는 내 가지가지 외로운 생각이 헤매인다

그런데 이것은 또 어인 일인가

이 흰 바람벽에

내 가난한 늙은 어머니가 있다

내 가난한 늙은 어머니가

이렇게 시퍼러둥둥하니 추운 날인데 차디찬 물에 손은 담그고 무이며 배추를 씻고 있다

또 내 사랑하는 사람이 있다

내 사랑하는 어여쁜 사람이

---

97 때글다. 오래도록 땀과 때에 절다.

A White Wind Wall

On this narrow stretch of partitioned wall papered
white
Only lonely things come and go somehow tonight
On this white wind wall
As the faint flickering fifteen-watt bulb throwing its
weary light across its barren face
Casting a dim shadow of a worn and tattered cotton
shirt
And again I desire a drought of a sweet warm rice
drink
With the wanderings of my lonesome thoughts
But then what is this business
On this white wind wall
Is my poor old mother
My poor old mother
On such a frozen day, her hands plunge, washing
cabbage, in the frigid water
Then again my love
The adorable woman of my heart
In a far southern district, a hushed low-ceilinged

어느 먼 앞대[98] 조용한 개포[99]가의 나즈막한 집에서

그의 지아비와 마주 앉아 대구국을 끓여놓고 저녁을
먹는다

벌써 어린것도 생겨서 옆에 끼고 저녁을 먹는다

그런데 또 이즈막하야[100] 어느 사이엔가

이 흰 바람벽엔

내 쓸쓸한 얼굴을 쳐다보며

이러한 글자들이 지나간다

　　— 나는 이 세상에서 가난하고 외롭고 높고 쓸쓸하

　　니 슬어가도록 태어났다

　　　그리고 이 세상을 살아가는데

　　　내 가슴은 너무도 많이 뜨거운 것으로 호젓한

　　것으로 사랑으로 슬픔으로 가득 찬다

그리고 이번에는 나를 위로하는 듯이 울력하는 듯이

눈질을 하며 주먹질을 하며 이런 글자들이 지나간다

　　— 하늘이 이 세상을 내일 적에 그가 가장 귀해하

　　고 사랑하는 것들은 모두

　　　가난하고 외롭고 높고 쓸쓸하니 그리고 언제나

98　어떤 지방에서 그 남쪽을 이르는 말.
99　강이나 내에 바닷물이 드나드는 곳.
100　이즈음에 이르러서.

house at estuary's edge

She sits opposite her husband over a dinner of fish
soup

But now a youngster too, appears in the fold

And again, in the deep of night, something sepa-
rates

On this white wind wall

I stare at my lonely face

And thus the words go by

— I, in this world of want and lonesome poverty,
of supreme sorrow, was born to keep living

And this world continues on even though

My heart is filled with too much heat of desola-
tion and love and sadness

As if this is the time I would be consoled and as if
this is the time someone would join me

With quivering eyes and shaking fist as these words
flicker by

— As heaven creates, He the most precious and
rare things, makes all

Poor and alone and lofty and desolate and al-
ways overflowing with love and filled with inner
sadness

Appearing in the likes of a crescent moon, a

넘치는 사랑과 슬픔 속에 살도록 만드신 것이다

초생달과 바구지꽃[101]과 짝새[102]와 당나귀가 그
러하듯이

그리고 또 '프랑시쓰 쨈'과 도연명과 '라이넬 마
리아 릴케'가 그러하듯이

101 박꽃.
102 뱁새. 박새과에 딸린 작은 새.

gourd flower, a mateless bluetit, a donkey

And also as if Francis Jammes, and Doe Youn
Myung and Rainer Maria Rilke

팔원

차디찬 아침인데

묘향산행 승합자동차는 텅하니 비어서

나이 어린 계집아이 하나가 오른다

옛말속 같이 진진초록 새 저고리를 입고

손잔등이 밭고랑처럼 몹시도 터졌다

계집아이는 자성으로 간다고 하는데

자성은 예서 삼백오십리 묘향산 백오십리

묘향산 어디메서 삼촌이 산다고 한다

쌔하얗게 얼은 자동차 유리창 밖에

내지인[103] 주재소장 같은 어른과 어린아이 둘이 내임[104]
을 낸다

계집아이는 운다 느끼며 운다

텅 비인 차 안 한구석에서 어느 한 사람도 눈을 씻는다

계집아이는 몇 해고 내지인 주재소장 집에서

밥을 짓고 걸레를 치고 아이보개를 하면서

---

103 식민지 사회에서, 그 나라를 지배하는 사람을 일컫는 말. 여기서는 일
본인.
104 냄내다. '배웅하다'의 북한말.

Palwon

On a frigid morning

The bus bound for Myohyang Mountain, hollow
and vacant

A little lass ascends

Dressed in a jeogori, as clean and green as that old
expression

The back of her hands brittle and broken as a field's
furrows

That little lass as she said making her way to
Jaseong city

Jaseong that was 350-li from here and Myohyang
Mountain

150-li from here

Her cousin lives somewhere on Myohyang Moun-
tain she said

Beyond the crystal white windows of the frozen bus

Giving an impression of a Native territory com-
mander, an adult and two youth await her

The arrival of that whimpering lass

In a corner of the hollow emptiness in that bus,

이렇게 추운 아침에도 손이 꽁꽁 얼어서

찬물에 걸레를 쳤을 것이다

some lone person sheds a tear

That sad lass some several years at that Native territory commander's house

Cooking rice and washing rags and looking after those youngsters

Even on such a cold morning with hands frozen hard

Washing rags in cold water

귀농

백구둔[105]의 눈 녹이는 밭 가운데 땅 풀리는 밭 가운데

촌부자 노왕[106]하고 같이 서서

밭최뚝[107]에 즘부러진 땅버들의 버들개지 피여나는
데서

볕은 장글장글 따사롭고 바람은 솔솔 보드라운데

나는 땅임자 노왕한테 석상디기[108] 밭을 얻는다

노왕은 집에 말과 나귀며 오리에 닭도 우울거리고

고방엔 그득히 감자에 콩곡석도 들여 쌓이고

노왕은 채매[109]도 힘이 들고 하루종일 백령조[110] 소리
나 들으려고

밭을 오늘 나한테 주는 것이고

---

105 백구둔(白拘屯). 중국 남만주 지역의 어느 농촌 마을.
106 라오왕. 왕씨. '노(老)'는 중국어에서 사랑의 성씨 앞에 붙여 친밀한 뜻
     을 나타내는 말.
107 밭두둑.
108 석섬지기.
109 채마밭.
110 백령조(白翎鳥). 몽고종다리. 참새보다 크고, 다갈색 깃털에 백색 반점
     이 있음. 아주 높이 날고, 갖가지 해충을 잡아먹어 농사에 이로운 새.

A Return to the Farm

In the midst of Baekgudun field's melting snow,
amid the thaw of its earth-plowed field
Standing with Master Rho, wealthy in land
On the row's ridge where willows blossom
Warm toasty rays, a calm quiet breeze
I was entrusted with a rice paddy from landowner
Master Rho

Master Rho's horses, donkeys, ducks, and chickens
swarm the house
His storage room crammed, with potatoes, beans
and grains brimming
Rather than struggle for a harvest Master Rho
would listen to the song of birds
So he granted me a field today
Now I grow sick of frivolous surveys and trivial re-
cords
Would rather set aside my mind, dally and doze for
a spell in the daylight

나는 이젠 귀치않은 측량도 문서도 싫증이 나고

낮에는 마음 놓고 낮잠도 한잠 자고 싶어서

아전 노릇을 그만두고 밭을 노왕한테 얻는 것이다

날은 챙챙 좋기도 좋은데

눈도 녹으며 술렁거리고 버들도 잎 트며 수선거리고

저 한쪽 마을에는 마돌[111]에 닭 개 짐승도 들떠들고

또 아이 어른 행길에 뜨락에 사람도 웅성웅성 흥성거려

나는 가슴이 이 무슨 흥에 벅차오며

이 봄에는 이 밭에 감자 강냉이 수박에 오이며 당콩에

마늘과 파도 심으리라 생각한다

수박이 열면 수박을 먹으며 팔며

감자가 앉으면 감자를 먹으며 팔며

까막까치나 두더지 돝벌기[112]가 와서 먹으면 먹는 대

로 두어두고

도적이 조금 걷어가도 걷어가는 대로 두어두고

아, 노왕, 나는 이렇게 생각하노라

111 말과 돼지.
112 돼지벌레. 잎벌레. 과수의 잎이나 배추·무 따위의 잎을 갉아먹는 해로
      운 벌레임.

Such weather as I've never seen

The clamor and thaw of melting snow, the ceaseless chatter of budding willows

At village edge horses, pigs, chickens, dogs and beasts whinny and whine

And the children and adults on the road and in the garden all abuzz in the hubbub

My heart infused with fervor, I delight in the stir and storm

This spring I'll endeavor to sow and grow potato, corn, watermelon, cucumber, peanuts, garlic, and green onions

When watermelons ripen, I will eat watermelon and sell them

When the potatoes ripen, I will eat potatoes and sell them

If magpies, crows, moles or beetles come to eat them, leave them to eat

If thieves carry some off, let them carry it off

Ah Master Rho, this is the way I think

I look at Master Rho smiling as I speak

Thus Master Rho feels free haven given the field

나는 노왕을 보고 웃어 말한다

이리하여 노왕은 밭을 주어 마음이 한가하고

나는 밭을 얻어 마음이 편안하고

디퍽디퍽 눈을 밟으며 터벅터벅 흙도 덮으며

사물사물[113] 햇볕은 목덜미에 간지로워서

노왕은 팔짱을 끼고 이랑을 걸어

나는 뒷짐을 지고 고랑을 걸어

밭을 나와 밭뚝을 돌아 도랑을 건너 행길을 돌아

지붕에 바람벽에 울바주[114]에 볕살 쇠리쇠리한[115] 마

을을 가르치며

노왕은 나귀를 타고 앞에 가고

나는 노새를 타고 뒤에 따르고

마을 끝 충왕묘에 충왕을 찾어뵈러 가는 길이다

토신묘에 토신도 찾어뵈러 가는 길이다

113 스멀스멀.
114 울바자. 대, 수숫대, 갈대 따위를 엮거나 결어서 만든 바자 울타리.
115 눈부신. 눈이 신.

I, having gained the field, am at ease

Crunch-crunching through snow, plodding and placing soil

The sun's rays diamond bright tickling the nape of my neck

Master Rho folds his arms and strolls the field's ridge and furrow

I amble the furrows my hands clasped behind my back

Out of the field, around the outer rim, across the ditch, along the road

Pointing the way to a village of rooftops, of walled windbreaks and fences lit with bright rays,

Master Rho on his donkey leads

And I follow on my mule

Along the road to the burial mounds of Chungwang at village end to visit the spirit of Chungwang

And to find the tomb of Toshin to visit the spirit of Toshin

남신의주 유동 박시봉방[116]

어느 사이에 나는 아내도 없고, 또,

아내와 같이 살던 집도 없어지고,

그리고 살뜰한 부모며 동생들과도 멀리 떨어져서,

그 어느 바람 세인 쓸쓸한 거리 끝에 헤매이었다.

바로 날도 저물어서,

바람은 더욱 세게 불고, 추위는 점점 더해 오는데,

나는 어느 목수네 집 헌 샅[117]을 깐,

한 방에 들어서 쥔을 붙이었다.[118]

이리하여 나는 이 습내 나는 춥고, 누긋한 방에서,

낮이나 밤이나 나는 나 혼자도 너무 많은 것 같이 생

각하며,

딜옹배기[119]에 북덕불[120]이라도 담겨 오면,

---

116 '남신의주 유동의 박시봉 집에서'라는 의미로 편지에서 발신인의 주소
에 해당한다.
117 갈대를 엮어 만든 자리.
118 셋방을 얻어 살았다.
119 질옹배기. 아주 작은 자배기.
120 짚북더기를 태운 불.

Park Si-bong's Place

(in Yudong, South ShinUiJu)

With time's passage, I realize I lack a wife and, also,

Lost is the house of our mutual habitation,

And my devoted parents and also my siblings fell to
far off,

To the end of this some strong winded lonely road,
I wander'd about.

Duly the day grows dark,

The wind blows still more strongly, a chill gradually
gathers force,

In some carpenter's house, I lay out an old straw
mat,

Entering one room of my host's lodging.

In this way, I in this damp smelling, cold moist
room,

By day or night, thinking I, even alone am too much,

If a straw fire is piled in the pottery brazier,

As I hug it taking warmth to my hands, as I write
meaningless words in the ash

As well, I do not venture out and lie in my place,

A pillow of intertwined hands beneath my head and

이것을 안고 손을 쬐며 재 위에 뜻 없이 글자를 쓰기도 하며,

또 문밖에 나가지두 않구 자리에 누워서,

머리에 손깍지베개를 하고 굴기도[121] 하면서,

나는 내 슬픔이며 어리석음이며를 소처럼 연하여 쌔김질하는 것이었다.

내 가슴이 꽉 메어 올 적이며,

내 눈에 뜨거운 것이 핑 괴일 적이며,

또 내 스스로 화끈 낯이 붉도록 부끄러울 적이며,

나는 내 슬픔과 어리석음에 눌리어 죽을 수밖에 없는 것을 느끼는 것이었다.

그러나 잠시 뒤에 나는 고개를 들어,

허연 문창을 바라보든가 또 눈을 떠서 높은 천장을 쳐다보는 것인데,

이때 나는 내 뜻이며 힘으로, 나를 이끌어 가는 것이 힘든 일인 것을 생각하고,

이것들보다 더 크고, 높은 것이 있어서, 나를 마음대로 굴려 가는 것을 생각하는 것인데,

이렇게 하여 여러 날이 지나는 동안에,

121 구르기도.

behaving this way,

I chew my saddness, my foolishness, repeatedly as a cow ruminating.

When my heart chokes fast,

When a turn of searing tears gather in my eyes,

Again when thinking of my past disgrace, my face flushing shame red,

There was a feeling I could not but die, pressed down in my saddness and my foolishness.

But then in a moment I lifted my head,

When looking at the white window or again, opening my eyes to stare at the high ceiling

At this time with my will, moreover my strength, I deem guiding myself to be arduous in industry and,

I think but because, more than these, there is a bigger, higher thing, rolling me on as it pleases,

As many days pass thus,

In my dizzy mind the sadness, the lamentation, the things that will settle to sediment gradually sink and

About when I have only lonely thoughts,

From time to time, toward evening pat-pat the pellet snow pelts the window,

On such an evening, I wrap myself tight around the stove and endeavor to bend my knees,

내 어지러운 마음에는 슬픔이며, 한탄이며, 가라앉을 것은 차츰 앙금이 되어 가라앉고,

외로운 생각만이 드는 때쯤 해서는,

더러 나줏손[122]에 쌀랑쌀랑 싸락눈이 와서 문창을 치기도 하는 때도 있는데,

나는 이런 저녁에는 화로를 더욱 다가 끼며, 무릎을 꿇어 보며,

어니 먼 산 뒷옆에 바우섶[123]에 따로 외로이 서서,

어두워 오는데 하이야니 눈을 맞을, 그 마른 잎새에는,

쌀랑쌀랑 소리도 나며 눈을 맞을,

그 드물다는 굳고 정한 갈매나무[124]라는 나무를 생각하는 것이었다.

---

122 저녁 무렵.
123 바위 옆.
124 키가 2m쯤 자라는 낙엽 활엽 교목. 경북·충남 이외의 우리나라 전역에 분포함.

On the back slope of some distant mountain, standing lonely away from the boulders,

As darkness comes with the white snow showering, those drying leaves,

With a pat-pat the snow pelting,

That purportedly rare, firm and pure tree called Dahurian buckthorn, of that tree I was pondering.

적경

신 살구를 잘도 먹드니 눈 오는 아침
나어린 아내는 첫아들을 낳았다

인가 멀은 산중에
까치는 배나무에서 즞는다

컴컴한 부엌에서는 늙은 홀아비의 시아부지가 미역
국을 끓인다
그 마음의 외따른 집에서도 산국[125]을 끓인다

---

125 아기를 낳은 산모가 먹는 미역국.

Lonesome Landscape

The young wife who'd been craving sour apricots
on a snowy morning
  Her first son came forth

In the deep mountains distant from humanity's
cradle
  Barked the magpie in the pear tree's thicket

Alone in the darken'd kitchen her father-in-law
stands, aged and widowed boiling seaweed soup
  And in another dwelling of the village, that same
birth soup boiled

흰밤

옛성의 돌담에 달이 올랐다

묵은 초가지붕에 박이

또 하나 달같이 하이얗게 빛난다

언젠가 마을에서 수절과부 하나가 목을 매여 죽은 밤

도 이러한 밤이었다

White Night

The moon, over the ancient fortress arose

Atop the thatched roof, a gourd

Like another moon shined brightly

One day in the village, a chaste widow wrapped her

neck in a night of death, yet another night like this

마을은 맨천 구신이 돼서

나는 이 마을에 태어나기가 잘못이다

마을은 맨천[126] 구신이 돼서

나는 무서워 오력[127]을 펼 수 없다

자 방안에는 성주님[128]

나는 성주님이 무서워 토방으로 나오면 토방에는 디

운구신[129]

나는 무서워 부엌으로 들어가면 부엌에는 부뜨막에

조앙님[130]

나는 뛰쳐나와 얼른 고방[131]으로 숨어버리면 고방에

는 또 시렁에 데석님[132]

나는 이번에는 굴통[133] 모통이로 달아가는데 굴통에

126 이곳저곳 가릴 것 없이 모든 곳. 온 군데. 사방.
127 오금. 무릎의 구부리는 안쪽.
128 가옥(家屋)의 안전을 주관하는 신으로, 가신(家神) 중 맨 윗자리를 차
     지한다.
129 지운(地運) 귀신. 땅의 운수를 맡아본다는 민간의 속신.
130 조왕(竈王). 부엌을 관장하며, 모든 길흉을 판단함.
131 고방(庫房). 세간이나 그 밖의 온갖 잡동사니를 보관하는 장소.
132 제석신(帝釋神). 한 집안 사람들의 수명·곡물·의류·화복 등을 관장한
     다고 함.
133 굴뚝의 평북 사투리.

A Village of Apparitions

'Tis my lot to be born in such a village

A village of unnerving apparitions high and low

My ever-present fear stifles my Five Power practice

In my room, the spirit of the house

If I withdraw to the dirt-floor for fear of that house
spirit, the earth spirit is there

For fear I advance to the kitchen, an ancestral ghost
awaits

I escape to the storeroom to hide myself, again a
shelf holds a guardian spirit

This time to the corner ondol stack I ran, there a gi-
ant ashen apparition

In a frenzied fog of fatigue, I break for the back
fence, there inside the god of the jujube tree

With no alternative, I open the gate to go

There at the gate, the powerful guardian totems
stand

I narrowly break free through the gate and bolt

는 굴대장군[134]

　얼혼이 나서[135] 뒤울안으로 가면 뒤울안에는 곱새녕[136] 아래 털능구신[137]

　나는 이제는 할 수 없이 대문을 열고 나가려는데 대문간에는 근력 세인 수문장

　나는 겨우 대문을 삐쳐나 바깥으로 나와서

　밭 마당귀 연자간[138] 앞을 지나가는데 연자간에는 또 연자망구신[139]

　나는 고만 디겁을 하여 큰 행길로 나서서 마음 놓고 화리서리[140] 걸어가다 보니

　아아 말 마라 내 발뒤축에는 오나가나 묻어 다니는 달걀구신[141]

　마을은 온데간데 구신이 돼서 나는 아무 데도 갈 수 없다

134　굴뚝신. 구대장군이라고도 하며, 연기를 타고 열흘에 한 번 하늘로 올라가 그 집안이 잘못한 것을 하늘에 고한다고 함.
135　얼혼나다. 넋을 놓다. 제정신을 잃고 멍한 상태가 되다.
136　용마름. 초가의 용마루나 토담 위를 덮는 짚으로, 지네 모양으로 엮은 이엉.
137　철륜대감(鐵輪大監). 집 뒤란에 자리하는 터주신.
138　연자방앗간.
139　연자간을 맡아 다스린다는 신.
140　마음 놓고 네 활개를 휘저으며 걸어가는 모습.
141　달걀 모양으로 생겼다는 귀신.

Passing the millstone in the corner of the garden, here too a millstone specter

In such a shudder I set out on a wide well-trodden path

Feeling free of worries I amble on with an easy gait unguarded

Ahhh no, beyond belief at every turn an egg-shaped apparition hounds my heels

An entire village teeming with ghosts, now I have nowhere to go

오금덩이라는 곳

어스름저녁 국수당[142] 돌각담의 수무나무[143] 가지에
녀귀[144]의 탱을 걸고 나물매[145] 갖추어놓고 비난수[146]를
하는 젊은 새악시들
　　— 잘 먹고 가라 서리서리[147] 물러가라 네 소원 풀
　　었으니 다시 침노 말아라

벌개눞[148]역에서 바리깨[149]를 뚜드리는 쇳소리가 나면
누가 눈을 앓어서 부증[150]이 나서 찰거마리를 부르는
것이다

142　마을의 본향당신(부락 수호신)을 모신 집. 서낭당.
143　스무나무. 느릅나무과에 속하는 낙엽 활엽 교목. 산기슭 양지 및 개울
　　가에 남.
144　여귀(厲鬼). 못된 돌림병에 죽은 사람의 귀신. 제사를 받지 못하는 귀신.
145　제법 맵시 있게 이것저것 진설해 놓은 제사 나물.
146　무당이나 소경이 귀신에게 비손(두 손을 비비면서 신에게 비는 일)하
　　는 말과 행위.
147　표준어로는 '노끈·새끼 따위의 긴 물건을 서리어 놓은 모양'을 뜻하는
　　말이나, 여기서는 '고분고분'이나 '슬슬'의 의미로 봐야 함.
148　뻘건 빛깔의 이끼가 덮여 있는 오래된 늪. "벌개눞역에서"의 역은 '녘'
　　으로 '가' '곁'을 뜻한다.
149　주발뚜껑.
150　부종(浮腫).

The Place Called Ogeumdeong

At dusk, beside the local guardian spirit shrine's stone wall hanging from a Sumu tree branch, beneath the image of the ghosts of a plague the young maidens placed rice and greens making incantations
— eat well and go, coil, coil and withdraw, your desire thus fulfilled, invade us no more

If from the old swamp covered in moss all red, the sound of a brass lid clanging emerges, someone, eyes swollen with sickness, is calling to clinging leeches
In the village, on a bruised eye, a sore arm or leg, leeches are attached

On a night of fox yowls
The sleepless elderly rise to make the sound of spreading beans to dry
The fox's muzzle points on and howls at a house, the next day undoubtedly is filled with calamity, what fearful words

마을에서는 피성한[151] 눈숡[152]에 절인 팔다리에 거마리를 붙인다

여우가 우는 밤이면
잠 없는 노친네들은 일어나 팥을 깔이며 방뇨를 한다[153]
여우가 주둥이를 향하고 우는 집에서는 다음날 으레히 흉사가 있다는 것은 얼마나 무서운 말인가

---

151 피가 성(盛)한. 피멍이 심하게 든.
152 눈시울. 눈의 언저리의 속눈썹이 난 곳.
153 팥을 뿌리고 오줌을 눈다. 일종의 벽사(辟邪) 행위.

해설
Commentary

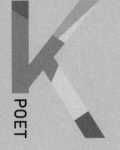

POET

고독과 충만의 사랑법

최현식(문학평론가)

　백석 시의 심연을 비춰본다면, 그곳에는 상실과 고독의 설움이 울울할 것이다. 물론 어떤 시들에는 유년기 고향의 충만한 풍경, 시인에의 드높은 자존감이 넘쳐난다. 하지만 이 요소들은 훼손된 세계를 떠도는 실향민 혹은 순례자의 근본적 욕망, 바꿔 말해 본원적이며 영원한 '고향'으로 회귀하려는 '귀향자'의 내면 감각이라 해야 옳다. 시인의 현실적인, 곧 결핍된 고향, 그것과 대비되는 과거와 미래의 충만한 고향을 동시에 가로지르는 독법(讀法)이 필요한 이유다.

　유년기를 생애 최대의 풍경으로 명명한 이는 바슐라르였다. 어린 시절은 '고향'과 친숙해지는 때로, 우리는

The way of loving loneliness and abundance

Choi Hyun Sik(Literary Critic)

Reflecting on the poems of Baek Seok, full of loss, loneliness, and sadness, yet imbued with images of hometown in various works from his youth and filled with pride as a poet. Those factors, in fact, symbolize the basic desires of pilgrims and displaced people while reflecting the sentiment of those who hope to return home. For this reason, we need to establish a proper approach to hometown that can be both lacking and abundant.

The French philosopher Gaston Bachelard asserted that youth represents the best years of our lives.

그곳의 자연풍경과 동식물의 세계, 공동체의 풍습과 문화에 의해 어여쁘게 길러진다. 그럼으로써 자신만의 본원적 장소를 갖게 되며, 또 그곳의 역사와 지리, 문화에 속속들이 참여하게 되는 것이다. 풍요롭다는 말은 그러므로 다채롭고 풍부한 '향토'를 경험한다는 뜻을 넘어, 그것이 제공하는 인간 본래의 자유와 실재의 깊이에 빠져든다는 의미도 함께 지닌다. 바로 이곳에 '향토'가 자신의 어린 구성원들에게 제공하고 조직하는 전인적 발전과 성숙의 본질과 진실이 존재한다.

백석의 유년 시절과 향토는 엄밀히 말해 쾌미와 명랑보다는 환영(幻影)과 공포로 가득 찬 세계다. 즉 신화의 세계가 유희의 충족 못지않게 계몽/계고의 수행에 소용되는 것에 방불한 모습이랄까. 이 세계를 예외 없이 관통하는 요소가 있다면, 아무래도 그것은 삶의 고통과 비참에 너무도 일찍 휘말리게 하는 궁핍한 생활현실일 것이다. 가령 백석의 유년기 시편에는 조선 전통의 음식이 거의 200여종 가깝게 출연한다. 이런 음식에의 지나친 탐닉은 무엇보다 시인의 예민한 풍미(風味)와 관련될 것이다. 하지만 유년기를 초점화한다면, 하루하루 끼니를 때워가는 궁핍한 현실에 어렵게 제공된 하찮은

Youth is the time to be closer to home. Raised in the beauty of nature, the world of animals and plants, and the culture and community around home. Also, through home, we finally arrive at our intrinsic place and are able to participate in the history, geography, and culture of that place.

Thus, abundance goes beyond the rich experiences in life, to encompass the idea of falling deeply into the true human experience of freedom and existence. In this place, the essence of evolution and maturation and the truth offered by the function of hometown for the youth exist.

Baek Seok's youth and his memories of home are technically filled with phantasm and fears, rather than full of joy and liveliness. In essence, it can be said that Baek Seok's world is intertwined with enlightenment and sufficient joyfulness.

If there is one theme that pierces this world, it would be that poverty makes one struggle with the pain of life. In the poems of Baek Seok's youth, two-hundred

음식에라도 정녕 눈물겨웠기 때문이라고 그 이유를 들어도 괜찮을 것이다. 그렇다면 시인 백석이 궁핍한 고향을 가로지르며 그곳을 친밀한 장소로 개성화하는 방법은 무엇이었을까?

첫째, 고향을 삶의 터전으로 인간화하기에 앞서 그 사업을 방해하는 고난의 장소로 점찍는 것이다. 이를테면 "승냥이가 새끼를 치"고 "쇠메 든 도적이 났다", "여우가 주둥이를 향하고 우는 집에서는 다음날 으레히 흉사가 있다", "마을은 맨천 구신이 돼서 나는 무서워 오력을 펼 수 없다"와 같은 장면을 보라. 이것들은 유년기의 '향토'가 우주와 자연과의 친화, 신성에의 결속을 가능케 하는 친밀감의 장소라는 보편적 통념을 여지없이 배반한다. 오히려 그것들을 향한 유대감과 호기심을 가로막는 폐색지대라는 점에서 자아의 정체성 찾기와 삶의 성숙을 응원하는 '의미창고'의 기능을 박탈하는 소외의 공간에 가깝다. 이런 폭력적 상황에 대한 자아의 공포는 "나는 이 마을에 태어나기가 잘못이다"라는 처량한 고백, 곧 친밀성과 공동체의 본원 고향에 대한 마음 없는 거부에 잘 반영되어 있다.

둘째, 하지만 제 태어난 '마을'을 간밤에 '승냥이'가

types of Korean traditional foods are introduced. The indulgence in those foods could be related to Baek Seok's sensitivity to tastes. Yet, this was likely due to the lack of access to such foods in his youth. How how could he make home a friendly place when the place was associated with poverty?

First, he leads his readers to see his home as a place of hardship, before that letting them approach it as a place of life and intimacy. For example, "Before where a coyote raised her cubs, the iron hammer-carrying bandits would appear." "The fox's muzzle points on and howls at a house, the next day undoubtedly is filled with calamity, what fearful words." Look at the scene of A Village of Apparitions where he says: "My ever-present fear stifles my Five Power practice." This betrays the general notion that home is a friendly place that helps people make a bond with nature. Rather, it is represented as an isolated place, hindering people from maturing and discovering their identities as it blocks such emotions as bonding and curiosity.

다녀가고 "곰이 아이를" 보는 "어느메 산골"로만 무작정 동일화한다면, 그곳은 "사람이 물에 빠져 죽었다"는 흉흉한 소문만이 끊임없이 떠도는 죽음의 세계로 퇴락할 수밖에 없다. 이런 까닭에 생명과 친밀성의 장소로 '고향'을 가치화하기 위한 미적이며 윤리적인 전략, 곧 타나토스의 신민들을 다정하게 아우르고 감싸는 공동체적 감각과 지혜가 더욱 절실해진다.

이 지점에 이르면, 백석의 유년기 시편에 보이는 여러 음식들과 무속적 신성에 대한 세밀한 기억과 대담한 호명은 아주 탁월한 시적 (무)의식과 기교의 발현이라 할 만하다. 이를테면 백석은 '국수'(냉면)를 "마을을 구수한 즐거움에 싸서 은근하니 흥성흥성 들뜨게 하"는 것으로 말한다. 하지만 '국수'는 단지 먹는 즐거움과 포만감을 주기 때문에 기억과 가치화의 대상이 되지 않는다. 그것을 요리하고 나누는 과정에 알뜰살뜰 스며 있는 상호부조의 전통성과 갸륵함 때문에 예찬의 존재로 올라선다. 달리 말한다면, '국수'에는 "대대로 나며 죽으며 죽으며 나는 하는 이 마을 사람들의 으젓한 마음"이 가득 서려 있기 때문에 "그지없이 고담하고 소박한 것"으로 언제나 기억되고 식음(食飮)되는 것이다.

The author's self-worth and sense of fear when faced with such unpleasant situations is well represented in the statement "'Tis my lot to be born in such a village," in a rejection of hometown as a symbol of familiarity and base of community.

Secondly, if he identifies "where a coyote raised her cubs" as "Somewhere in a secluded mountain district, a bear tends to a child," it would remain as a place of rumor and death.

As such, we need to acquire more descriptions about home as a fundamental aspect of life, a place of familiarity, and how valuable it is.

At this point, we could call his recollections of various foods and shamanistic rituals bulturally appropriate poetic techniques. For instance, Baek Seok describes Noodle Soup as a "village, seeming savory, brimming with pleasure and excitement, all aflutter, quiet in the growing din, heady and high, it is coming." Noodle Soup to Baek Seok is not merely valuable for the joy of consuming it, its value is in its representa-

따라서 "으젓한 마음"은 하나, 남의 운명을 무섭게 짚는 '무당 할머니'의 "중같이 정(靜)"한 마음을 존중할 줄 알며, 둘, 세련된 의술은 아니지만 돌연한 질병의 고통을 치유할 줄 아는 오랜 삶의 지혜에 대한 정중한 감사와 은근한 감동의 표현이라 할 만하다. 서로를 보듬고 아우르는 '낮아지는' 신성과 공동성의 편재는 시인의 '향토'가 힘센 '승냥이'(공포)와 '귀신'(죽음)의 공간이기도 하지만 하위주체들을 삶의 주인으로 토닥이는 '국수'(나눔)와 '삼굿'(살림)의 장소임을 뚜렷이 드러낸다. 백석이 '고향'을 '참된 장소'의 하나로 굳건히 내면화하고 있음이 새삼 확인되는 지점이다. 그곳에 대한 신뢰는 '참된 고향은 타자에 대한 사랑과 관심과 책임이 주체들 사이에서 스스럼없이 나눠지는 실존의 출발점이자 귀환점이다'라는 시적·생활적 명제의 기반이 된다. 이를 통해 백석의 고독의 시절은 충만의 기억으로 보충되는 한편 더 나은 삶에 대한 반듯한 희원으로 다시 명랑해지는 것이다.

하지만 식민지 현실에서 '향토', 그것의 민족적·국가적 형식으로서 '국토'의 상황은 어떤가? 신비한 힘에 대한 신뢰와 공포가 공존하며 자연과 이웃에 대한 유대감

tion of Korean tradition and cultural values of help-
ing others and sharing food with neighbors. In other
words, because the Noodle Soup winds "Through gen-
eration after generation, through birth and death and
death and birth, through the growing hearts of the
people of this village, through their blurred dreams,"
it is remembered as "This unquestionably classy but
simple thing."

Therefore, "the growing heart," first represents re-
spect for shamans and their fierce insights into one's
life. Second, it is a way of expressing appreciation
for the wisdom of the elderly. Caring for each other
and our collective cultural values means the author's
home is a place for coyotes (fear) and ghosts (death), but
also clearly presents a place for noodle soup (sharing)
and shamanic ceremonies (living). The trust of place
becomes a fundamental aspect of the poetic premise
that the true home is a starting point of one's life and
a turning point for giving love and attention to others.
Through this, the lonely life of the author becomes

이 지속되는 전통적 세계의 진정한 장소감은 자본의 이익과 기술문명의 진화, 식민지 개척과 영토 확장을 최우선시하는 일제의 식민주의로부터 아직도 독립적이며 자족적인가? 이에 대한 답은 부정적일 수밖에 없다. 청년 이후의 성숙한 시선, 방랑자 또는 순례자의 관점에서 조감된 '향토'는 공동체 고유의 신성과 나눔을 제약당하는 상실의 세계로 묘사되는 경우가 많기 때문이다.

나라 잃어 "헐리다 남은 성문"과 "섶벌 같이 나아간 지아비" 투성이의 궁핍한 현실, 어린 "딸아이"를 "돌무덤"에 묻고 "여승"이 된 아낙네의 설움, 일본인 가정 "아이보개"로 팔려가 찬물에 "밥을 짓고 걸레를 치는" "나이 어린 계집아이"의 비극. 기차가 놓이고 신작로가 뚫리며, 토지가 개량되고 공장 굴뚝이 높아지며, 도시의 근대적 건축이 폭증하고 공원, 영화관 따위의 위락 시설이 이곳저곳 들어설수록 전근대적 생활과 문화의 '향토'는, 또 그곳 생활자들은 간난과 추방의 현실에 더욱 노출되어 고통의 운명을 나날이 더해갈 수밖에 없게 된다.

제 땅에서 소외된 자들이 할 수 있는 일이라곤, 온갖 쓸모없는 것들을 태우는 "모닥불"을 빙 둘러선 이웃과

bright through the hope for a better life filled with abundant memories.

However, in the situation of colony, how can we approach our territory in terms of ethnic and national identity? Is place still independent of the fact of colonization and the capitalism of Japan's colonialism? The answer may be negative because of the many instances of home as a place of loss and oppression rather than as a place of traditional group identity, which values love, sharing and caring with others.

The ruined remains of the castle gate from colonization; the sad situation of a widower; the woman who became a monk after her young daughter died, the tragedy of a young girl sold to a Japanese family to care for their kids, the way that Korean culture was industrialized with skyscrapers and modern infrastructure for exploitation, and the Korean people, who decided to stay, struggling with poverty and the possibility of deportation, the horrible realities of the time; the suffering, continue to intensify in his poems.

타인을 향해 말없는 인사와 대화를 건네는 행위 정도이다. 하지만 이 자그마한 침묵의 대화와 연대의 장(場)은 낮은 자들이 "우리 할아버지가 어미 아비 없는 서러운 아이로" 자라며 "불상하니도 몽동발이가 된 슬픈 역사"를 새삼 깨닫게 한다. 나아가 그들의 불우한 삶을 기억하며 애도하고 '보다 나은 삶'을 더욱 꿈꾸게 하는 개선과 변혁의 계기로 충실히 작동하기에 이른다.

1930년대 식민지 현실에서 이 흐름의 한편을 사회주의 변혁운동이 차지했다면, 다른 한편은 민족과 사회, 가족과 자아의 본원을 꿰뚫으며 그것들 고유의 친밀성과 역사성을 확인하는 문화민족주의 운동이 차지했다. 물론 시인 백석은 그것을 타민족과 타문화에 대한 우월성과 차별화의 형식으로 수행하지 않았다. 오히려 저 혼자의 떠돎이라는 방랑과 고독의 형식을 통해 민족의 기원과 자랑을 엿보고, 가족에 대한 가없는 그리움을 노래하며, 마침내는 인간미 존중과 완성을 향한 이상적 매개체의 발견에 이르게 된다. 이 점, 백석 시의 고향에 대한 '참된 장소감'이 특정 이념과 사상에 대한 열띤 경사보다는, 누군가의 말처럼, 자기근원에로의 복귀와 자기동일성에로의 환원을 동시에 실천하는 차분한 '귀향'

In his poems, the people are limited to simple greetings and short conversations with neighbors sitting next to the bonfire. Yet, through such short conversations, they come to recognize their painful history of "my grandfather in youth without his ma n' pa as a somber boy piteously orphaned." Also, they mourn the pitiful lives of ancestors and long for a better life through revolutionary thought and activism.

In the colonial period in the 1930s, if one of the mainstream ideologies was the socialist movement, the other was that of cultural nationalism, which validates the intimacy of community and history. Of course, Baek Seok did not propose that one ideology made Korean culture superior or another inferior. Rather, by expressing loneliness and wandering, he attempts to create opportunities to share his pride in culture and relate his longing for family, and finally discovers an ideal way of respecting human kind. His true expression of home is associated with being oneself, and finding true identity by imagining returning

을 통해 성취된 것임을 재차 확인케 한다.

백석의 여행과 방랑은 한반도 남쪽의 '통영'에서 북쪽의 '만주'에 이를 정도로 광활한 시공간을 넘나드는 형식이었다. 이것은 때로는 소소하고 때로는 뜻밖인 떠돌이의 경험과 그에 대한 시적 성찰과 표현이 다채롭고 깊어질 수밖에 없음을 예고하는 징후적 장면에 해당한다. 이를테면 백석은 낭만적 사랑의 기대와 쓰라린 실연의 아픔을 남긴 통영 여행에서 "자다가도 일어나 바다로 가고 싶은 곳"이라는 열렬한 장소 경험에 몸을 떤다. 하지만 '만주'로의 방랑에서는 민족의 시원적 공간으로서 "옛 한울의 땅으로—나의 태반으로 돌아왔으나" 오히려 자신이 사랑하고 그리워하고 우러르는 친밀한 사람들과 풍요로운 자연, 오랜 문화적 전통은 사라지고 말았다는 끝 모를 상실감과 허무감에 사로잡힌다.

하지만 이런 충만과 상실의 양면적 경험은 백석의 '귀향'이 가장 단순하고 새로울 것 없는 되돌아옴, 곧 익숙한 장소와 생활로의 재편입에 멈추지 않을 것임을 예감케 한다. 오히려 이런 한계를 뛰어넘어, 돌아갈 곳의 의미와 가치에 몸과 마음을 열고 느끼며, 그곳의 상징을 깨닫고 존중할 줄 아는 진정한 장소애(topophilia)로 회

home.

Baek Seok's journey took him all around the peninsula from Tongyeong in the South to Manchuria in the North. As he traveled, the color of his poetic expressions varied and grew deeper. In his poem Tongyeong, Baek Seok describes "a place where you desire to rise and set off for the sea." Yet while wandering in Manchuria, he is overwhelmed by a feeling of loss as he imagines the disintegration of Korean traditions, nature, and intimacy with others.

Baek Seok's experiences of both abundance and loss led readers to expect that he would return home to Korean life. His readers could be sure of his Topophilia (love of place), in his approach to the true meaning of home.

In fact, the name of places such as JungJu Fortress and Fox Valley in his early poems are not represented in his poems written while traveling. Rather, the image of family, lovers, and deep thoughts on one's identity, nature, animals and plants replace the feel-

귀할 것임을 확신케 한다.

실제로 그의 고향을 얼추 지시하는 초기시의 '정주성', '여우난골' 같은 지명들은 각종 여행시편에서 거의 등장하지 않는다. 오히려 가족과 연인에 대한 환영(幻影), 성찰적 자아의 탐구와 구축, 그것들의 가치와 의미를 끌어올리는 심상한 자연풍경, 동식물, 외국시인들이 '고향'의 친밀성과 연대성을 대체한다. 그 가운데 발견되는 가치론적 상징물이 "그 드물다는 굳고 정한 갈매나무"임을 우리는 알고 있다. 백석은 '갈매나무'에 기대어 "가난하고 외롭고 높고 쓸쓸하니 살어가도록 태어"난 시인의 운명을 지치도록 내면화하는 것이며, 또 자연사물과 타자들과 "언제나 넘치는 사랑과 슬픔 속에" 살아가는 공동체적 삶의 문법을 일상화하는 것이다.

이 지점에 이르면, 한 쪽의 '고독'과 한 쪽의 '충만'은 서로 대립하거나 갈등하지 않는다. 오히려 그것들은 서로 상반됨으로써 서로의 가치와 의미를 더욱 채우고 훨씬 빛내는 것이다. 이것은 다음과 같은 최후의 '귀향'을 꿈꾸고 실현케 한다는 점에서 백석 시정신의 황금 부분을 차지한다. "헬라인이 자기에게 정주하듯이 철학도 이와 같다. 즉 자기를 집으로 갖는 것이다—인간은

ing of hometown. So we know that the value of the symbolism found in Baek Seok's poems is like "That purportedly rare, firm and pure tree called Dahurian buckthorn." Baek Seok is leaning on Dahurian buckthorn tree and internalizes the concept that a poet's life must be poor and lonely, and normalizes his collectivistic values on life by interacting with others in life through love and sadness.

At this point, we can finally realize that abundance and loneliness are not opposing ideas or even in contrast to one another. Each helps to illuminate the true meaning of the other. This takes the best part of Baek Seok's spirit toward his poems. "Just as the Greek man dictated to him, so is his philosophy. In other words, it is to have oneself as a house-human beings settle in their own minds and make themselves home.[2]" 'According to Hegel' statement, if we replace the word Philosophy as Poem, it would help us understand

---

2 Pinkard, T. (2012). Hegel's Naturalism: Mind, Nature, and the Final Ends of Life. Oxford University Press: NY, P.8.

자기 정신 속에서 정주하고, 자기를 고향화한다". 헤겔
(hegel)의 빛나는 명제에서 '철학'을 '시'로 대체하면, 자
아로의 '귀향' 장면은 백석이 실천하고 노래한 바 "갈매
나무"로의 몸던짐을 품어내고 격려하기에 충분한 것이
다. 이 순간 백석의 '고향'은 세계의 모든 곳이며 또 어
느 곳도 아니라는 새로운 명제가 탄생한다. 이와 같이
계속 머물지만 끊임없이 떠도는, 그래서 더욱 신비롭고
아름다운 '고향'을 향한 서사와 서정은 백석에 대해 "위
로하는 듯이 울력하는 듯이 눈질을 하며 주먹질을" 해
댐으로써 그를 한국문학사의 빛나는 성좌로 밀어 올렸
던 것이다.

Baek Seok's true meaning of home. At this moment, we can conclude that the author's home is everywhere in his world, and at the same time nowhere. Since home can be a place to stay or return to, it becomes beautiful. By expressing various feelings on it, Baek Seok can truly become one of the eminent authors of Korean literary history.

백석에
대해

What They Say
About Baek Seok

POET

백석의 시대는 모국어로서의 한글이 타 민족의 강압에 의해 참담한 길을 걷고 있을 때였다. 그는 모국어 방언의 기능을 누구보다 잘 파악하고 있었고, 이를 시어로 적극 활용함으로써 당시의 현실을 미적으로 견인하려고 했다. 모국어는 그에게 매우 시급한 시적 전략이었으며 핍박한 삶을 견디게 하는 무기의 하나였다.

안도현

　백석은 나라 없는 시대의 혼란 속에 살며, 이 혼란을 견디게 해줄 근원적 질서가 민족의 삶에 내재하고 있었음을 시로써 보여주었다. 아이의 눈과 심성을 빌려 도달한 기억의 고향에서, 그는 고독과 가난을 수습하고

Baek Seok's life corresponds to the time with when the Korean language was under siege by another nation. He made excellent use of dialect and, through its use, attempted to describe the realities of the time in an aesthetic way. His use of his native tongue culminated in a poetic strategy to overcome persecution.

Ahn Do-Hyun

Baek Seok drew from local tradition as a way of providing respite from the hardship and chaos of the dark realities inherent in the period. Through memories of hometown viewed with a childlike perspective and sentiment, he found a primitive love which embraces loneliness and poverty.

Lee Young-Kwang

포용해내는 원초적 사랑을 발견하였다.

이영광

  백석이 그리는 토속적이고 전통이 살아 숨 쉬는 공간은 암울한 시대 현실을 극복할 수 있게 한 자기 충족의 세계로 작용한다. 이러한 면모는 근대의 이성의 힘이 미치지 못하는 영역으로 탈근대적인 특성을 갖는다. 따라서 백석은 모더니즘의 근대성을 초극하기 위한 기제로 전통을 끌어와 탈근대적인 사유를 시에 펼치고 있는 시인이라 할 수 있다.

김미선

  백석이 고민했던 시인 존재와 정신에 대한 추구 그리고 예술성의 문제는 해방 이후 북한 문단의 도식주의에 문제를 제기하고 동화시의 창작과 발전에 풍부한 자양분이 될 수 있었다. 이런 의미에서 후기 시에 나타난 시와 시인의 본질에 대한 탐구는 백석 개인을 넘어 남한과 북한 문학사 모두에서 의미 있는 성과라 할 수 있다.

김진희

The space in which Baek Seok paints his poetry is a local and traditional space that remains alive and breathing to serve as a self-fulfilling world that can overcome the dark realities of the time. This aspect has a post-modern characteristic as an area where the power of reason of modernity does not reach. Therefore, Baek Seok can be called an author who draws from 'tradition' as a mechanism to overcome the trappings of modernity and explores post-modernistic thoughts through his poetry.

Kim Mi-Sun

The question of the existence of the poet and the pursuit of spirit and artistry, which Baek Seok considered that poetic nourishment posed a problem in Kant's 'schematism' as it deals with the world of post-liberation North Korean literature and for the creation and development of children's literature. In this sense, the quest for the essence of poetry and the 'poet's existence' in late century poems is a meaningful achievement both for Baek Seok and for both South and North Korean literary history.

Kim Jin-Hee

K-포엣
백석 시선

2017년 12월 29일 초판 1쇄 발행

지은이 백석 | 옮긴이 피터 립택 | 펴낸이 김재범
기획위원 이영광, 안현미, 김 근 | 주석 김 근
편집장 김형욱 | 편집 신아름 | 관리 강초민, 홍희표 | 디자인 나루기획
인쇄·제책 AP프린팅 | 종이 한솔PNS
펴낸곳 (주)아시아 | 출판등록 2006년 1월 27일 제406-2006-000004호
주소 경기도 파주시 회동길 445(서울 사무소: 서울특별시 동작구 서달로 161-1 3층)
전화 02.821.5055 | 팩스 02.821.5057 | 홈페이지 www.bookasia.org
ISBN 979-11-5662-317-5 (set) | 979-11-5662-335-9 (04810)
값은 뒤표지에 있습니다.

K-Poet
Poems by Baek Seok

Written by Baek Seok | **Translated by** Peter N. Liptak
Published by ASIA Publishers | 445, Hoedong-gil, Paju-si, Gyeonggi-do, Korea
(Seoul Office: 161-1, Seodal-ro, Dongjak-gu, Seoul, Korea)
Homepage Address www.bookasia.org | **Tel** (822).821.5055 | **Fax** (822).821.5057
ISBN 979-11-5662-317-5 (set) | 979-11-5662-335-9 (04810)
First published in Korea by ASIA Publishers 2017

This book is published with the support of the Literature Translation Institute of Korea
(LTI Korea).

K-픽션 한국 젊은 소설

최근에 발표된 단편소설 중 가장 우수하고 흥미로운 작품을 엄선하여 출간하는 〈K-픽션〉은 한국문학의 생생한 현장을 국내외 독자들과 실시간으로 공유하고자 기획되었습니다. 원작의 재미와 품격을 최대한 살린 〈K-픽션〉 시리즈는 매 계절마다 새로운 작품을 선보입니다.